Disney

Raiponce

Le roman du film

Adaptation : Natacha Godeau
Texte revu par l'éditeur pour la présente édition

Conception graphique : Audrey Cormeray

Hachette Livre, 43 quai de Grenelle, 75015 Paris

Disney

Raiponce

Le roman du film

hachette
JEUNESSE

RAIPONCE

La jeune et belle Raiponce a de très, mais alors, très longs cheveux. Elle a toujours vécu enfermée dans sa tour, et ne connaît que Mère Gothel, et Pascal, son petit caméléon. Son plus grand rêve ? Aller voir de plus près les mystérieuses lanternes qui apparaissent dans le ciel chaque année, le soir de son anniversaire. Si elle aime peindre et jouer de la guitare, il ne faut pas croire qu'elle n'est qu'une jeune fille sage. Elle a du caractère, et elle va le prouver !

Flynn

Le bandit le plus recherché du royaume est rusé et agile, ce qui lui permet d'échapper sans cesse aux gardes royaux. C'est aussi un grand séducteur, habitué à plaire, autant grâce à son physique qu'à son humour ! Il aime plus que tout la liberté et l'aventure. Mais, malgré sa tendance à trahir ses complices, Flynn a un bon fond...

Mère Gothel

La Mère Gothel est une vieille femme qui n'a qu'un désir : rester éternellement jeune. Pour y parvenir, elle n'a pas hésité à kidnapper Raiponce alors qu'elle venait de naître. Depuis, elle l'élève comme sa propre fille, pour profiter à jamais des pouvoirs magiques de ses longs cheveux.

Maximus

Maximus est le cheval du capitaine des gardes royaux. Mais attention, ce n'est pas une simple monture ! Courageux et déterminé, Maximus est prêt à tout pour arrêter Flynn. Un cheval pareil, il vaut mieux l'avoir à ses côtés !

On dit qu'il existe quelque part une fleur d'or enchantée, qui possède le pouvoir de guérir les maladies et de rajeunir les corps. Bien sûr, tout le royaume en a entendu parler, mais personne ne l'a encore jamais vue… Personne, sauf la Mère Gothel. Il lui suffit de fredon-

ner en touchant les pétales soyeux pour retrouver sa jeunesse. Et elle garde jalousement son secret ! Pourtant, de nombreux malades pourraient bénéficier des pouvoirs de la fleur magique. À commencer par la Reine. Depuis qu'elle attend un bébé, la jeune femme souffre beaucoup. Au point maintenant de risquer d'en mourir ! Le Roi désespère.

— Il faut aller chercher la Fleur d'Or, Votre Majesté ! lui conseille-t-on.

La garde royale se met en route, bien décidée à fouiller les moindres recoins du royaume. Jusqu'au jour où...

— Je l'ai trouvée ! s'écrie un soldat, fou de joie, en apercevant la fleur de soleil.

Ce qu'il ne voit pas, en revanche, c'est Mère Gothel. Cachée à quelques pas de là, elle espionne les gardes. Elle tremble de colère lorsqu'ils cueillent la fleur enchantée.

— Je dois récupérer la fleur à tout prix ! souffle Mère Gothel.

Mais à peine les soldats rentrés au château, la fleur magique est transformée en potion pour la Reine. Le miracle s'accomplit : elle guérit instantanément et, peu après, met au monde une petite fille. La princesse a de magnifiques cheveux blonds, aussi brillants que les pétales de la Fleur d'Or. Et ses immenses yeux verts sont exactement les mêmes que ceux de la Reine. Selon la coutume, les heureux parents coiffent le bébé de la couronne royale. Puis ils sortent sur le balcon du palais et présentent fièrement leur enfant au peuple.

Ensuite, pour célébrer la naissance de leur fille, le Roi et la Reine envoient une lanterne en papier flotter dans le ciel de minuit. Une tradition qu'ils répéteront désormais à chaque anniversaire de la Princesse. Mais leur bonheur est de courte durée.

Cette nuit-là, une silhouette inquiétante se glisse près du berceau du nourrisson. Cette vieille femme au visage ridé... C'est Mère Gothel !

« Les cheveux de la Princesse sont si blonds, songe-t-elle, en contemplant le bébé. On dirait les pétales de ma chère Fleur d'Or ! »

Incapable de résister, elle touche une mèche du bout des doigts, tout en fredonnant comme autrefois.

— Oh ! s'exclame Mère Gothel, stupéfaite.

Sa main vient de rajeunir ! Le pouvoir de la fleur est passé dans la chevelure de la Princesse. Mère Gothel sourit : finalement, rien n'est perdu ! Vite, elle tire un long poignard et coupe une mèche des

cheveux dorés du bébé. Mais ceux-ci deviennent aussitôt châtain foncé, et la main de Mère Gothel se fripe à nouveau.

« Comme une fleur qui meurt quand on la cueille, les cheveux ont besoin de leur racine pour rester magiques ! » comprend-elle.

Dans ce cas, il n'y a qu'une seule solution. Si Mère Gothel veut profiter des pouvoirs de la Princesse, elle doit l'enlever et l'élever comme sa propre fille !

« Je suis désolée, mais il ne fallait pas me voler mon si précieux trésor… »

Elle prend le bébé dans ses bras et s'enfuit par la fenêtre. Alertés par les pleurs de leur fille, le Roi et la Reine s'éveillent en sursaut. Trop tard : Mère Gothel disparaît déjà au plus profond de la forêt, emportant avec elle la petite Princesse en larmes...

Les années passent, laissant le Roi et la Reine totalement inconsolables. Malgré tous leurs efforts, ils n'ont jamais réussi à retrouver leur enfant adorée. Mais ils gardent espoir. Ils continuent d'envoyer des centaines de lanternes dans le ciel, à chaque anniversaire de leur fille. Ils prient pour que les lumières flottantes permettent un jour à la Princesse Raiponce de revenir jusqu'à eux...

CHAPITRE 1

Le soleil se lève sur le royaume. Tout au fond d'une vallée abandonnée, une paire de volets s'ouvre au sommet d'une immense tour sans porte. Une jeune fille aux longs cheveux blonds s'appuie sur le rebord de la fenêtre.

— Demain, j'aurai dix-huit ans, soupire-t-elle. Et ça fera dix-huit ans exactement que mes journées se ressemblent horriblement !

Un adorable petit caméléon surgit d'un pot de fleurs et grimpe sur l'épaule de la jeune fille. Elle sourit et ajoute :

— Après tout, Pascal, j'imagine qu'on n'est pas si mal que ça, dans notre tour…

Tous deux rentrent dans la pièce. Les cheveux de la jeune fille sont si longs qu'ils traînent derrière elle sur des mètres et des mètres. C'est absolument extraordinaire ! Mais elle n'a pas l'air de s'en préoccuper.

— Demain, c'est mon anniversaire, reprend-elle, et, comme chaque année, il va y avoir des centaines de lanternes dans le ciel… J'aimerais tellement savoir d'où elles viennent ! Peut-être que Mère m'autorisera enfin à quitter la tour ? Je suis capable de me débrouiller !

La jeune fille tire un rideau, au-dessus de la cheminée, et découvre un tableau magnifique. Il représente les centaines de lampions qui scintillent dans un ciel nocturne. Et, tout en bas, dans le coin, une jeune fille aux cheveux dorés qui se promène gaiement dans la forêt…

— Raiponce !

Elle sursaute. Sa mère l'appelle, au pied de la tour.

— Raiponce ! Tes cheveux !

Comme chaque matin, Mère Gothel vient la voir pour la coiffer. Et elle entre dans la tour en se hissant par la fenêtre grâce aux longs cheveux enchantés de sa fille.

— C'est le moment ou jamais de

lui demander de me laisser sortir d'ici ! dit Raiponce à Pascal.

Le caméléon l'encourage d'un geste avant de se camoufler contre la cheminée. Si Mère Gothel l'apercevait, elle s'empresserait de le chasser ! Raiponce envoie son incroyable chevelure à sa mère, qui s'y cramponne pour que la jeune fille la tire jusqu'à la fenêtre.

— Bonjour, Mère, dit-elle finalement, hors d'haleine.

— Ma pauvre chérie ! Ça doit être épuisant, de me hisser !

Raiponce secoue poliment la tête.

— Ne vous en faites pas, ce n'est rien.

— Dans ce cas, tu pourrais être un peu plus rapide ! lance Gothel. Puis elle ajoute en riant : Je plaisante, voyons !

Raiponce ne partage pas l'étrange sens de l'humour de sa mère. Elle remarque timidement :

— Au fait, Mère. Demain, c'est un grand jour, et j'aimerais, pour cette occasion…

— J'ai d'abord besoin d'un petit coup de jeune, l'interrompt Gothel. On bavardera après, d'accord ?

La jeune fille installe un fauteuil pour sa mère. Puis elle s'assoit à son tour devant elle et lui tend sa brosse à cheveux. Elle chante pendant que Gothel s'occupe de démêler ses mèches enchantées.

— Parfait, souffle Mère Gothel. Je me sens mieux !

Raiponce en profite pour lui reparler de son projet d'anniversaire.

— Je disais donc que demain est un grand jour : mon anniversaire ! Cette année, je fête mes dix-huit ans. C'est un âge important, non ? Je pensais vous demander une faveur spéciale. C'est une chose dont je meurs d'envie depuis des années… Je veux sortir voir les lanternes !

— Pardon ?

— Les lanternes flottantes, dans le ciel ! explique la jeune fille en montrant son tableau. Mère, emmenez-moi les voir !

— Ce sont des étoiles, Raiponce.

— Les étoiles ne changent pas de place, répond la jeune fille. Je suis sûre que ce sont des lanternes. En plus, elles n'apparaissent que le soir de mon anniversaire.

Mère Gothel se lève brusquement et va fermer les volets.

— Tu voudrais *sortir* ? Mais tu sais bien pourquoi nous vivons dans cette tour ! Des dangers terribles rôdent à l'extérieur ! Tu n'es pas prête, ma chérie.

— Mais, je…

— Écoute ta mère, Raiponce ! Je ne cherche qu'à te protéger du monde qui nous entoure. Il y a les bandits, les assassins, les plantes vénéneuses et les sables mouvants !

Raiponce essaie de protester doucement. Gothel s'enflamme :

— Tu veux donc me faire mourir d'inquiétude ? Dans ce cas, pars, abandonne-moi sans remords !

Bouleversée, la jeune fille se jette à son cou. Gothel termine :

— Oublions cette dispute. Et ne

me demande plus de sortir d'ici, entendu ?

Raiponce sourit d'un air triste.

— Je vous aime très fort, Mère, dit-elle.

— Et moi, je t'aime encore plus, renchérit Gothel, en caressant les longs cheveux enchantés avec adoration. Aie confiance en moi, ma chérie, ajoute-t-elle en lui posant un baiser sur le front. Je reviens tout à l'heure !

La jeune fille la regarde s'en aller par la fenêtre. Elle murmure :

— Je ne devrais pas me plaindre d'être aimée. Et pourtant, je me sens prisonnière !

CHAPITRE 2

Pendant ce temps, dans la forêt… Flynn Rider court comme un dératé. Le voleur le plus rusé du royaume est poursuivi par les soldats du palais. Avec ses complices, les jumeaux Stabbington, il vient de voler la couronne royale. Il la garde bien à l'abri dans sa sacoche.

Les cavaliers du Roi sont sur leurs talons. Manque de chance, un obstacle leur barre bientôt la route : un grand mur de pierres.

— Faites-moi la courte échelle, les gars, demande Flynn.

Les jumeaux se méfient. Une fois de l'autre côté de la paroi, Flynn est capable de s'enfuir pour ne pas partager le butin !

— Donne-nous la sacoche d'abord.

Flynn leur tend la sacoche et se hisse sur leurs épaules jusqu'au sommet du mur.

— C'est à notre tour, maintenant. Aide-nous à grimper, Flynn !

— Désolé, les gars : j'ai les mains prises !

Et il leur montre la sacoche qu'il leur a discrètement reprise au passage. Les Stabbington sont fous de rage…

— Amusez-vous bien, en prison ! lance Flynn, en se sauvant.

— Rattrapez-le ! ordonne le capitaine de la garde, juché sur son cheval Maximus.

Les soldats s'élancent aux trousses de Flynn. Le voleur esquive facilement la pluie de flèches que lui décochent les archers du Roi. Il se faufile à travers les fourrés. Mais, quand il se précipite en haut d'un arbre, Maximus l'attend juste en dessous, à la grande satisfaction de son cavalier…

— Rends-toi, Flynn Rider !

Mais le voleur n'a pas dit son dernier mot ! Il s'agrippe à une liane et s'élance dans le vide. Il se balance vers le capitaine, le désarçonne… et atterrit à sa place sur le dos de Maximus ! Le cheval s'immobilise, contrarié.

— En avant, sac à puces ! ordonne Flynn.

Mais Maximus est un honnête soldat ! Il refuse de bouger et tourne la tête, mordant dans la sacoche pour la récupérer. Flynn tire dessus, s'y cramponne… et la sacoche est propulsée dans les airs ! Elle retombe dans l'arbre, sa sangle s'accrochant à une branche qui pousse au bord d'un profond ravin. Ni une ni deux, Flynn bondit de sa selle et fonce sur la branche. Le problème, c'est que Maximus l'imite ! La branche plie sous leur poids... et craque brusquement !

Quelle chute ! Le cheval s'écrase au fond du ravin sans bobo, et le voleur file en sens inverse. Il se glisse dans une grotte. Hourra ! Il a réussi à s'échapper ! Flynn

avance dans la galerie rocheuse. Il débouche au cœur d'une vallée étrange où se dresse une tour vertigineuse…

« Bizarre, il n'y a pas de porte, pense Flynn. Mais là-haut, je serai bien caché ! »

Et, grâce aux flèches qu'il a

ramassées pendant sa fuite, il escalade rapidement la muraille. Arrivé au sommet, il ouvre la fenêtre et entre dans la tour.

— Enfin tranquille ! s'exclame-t-il.

Il s'apprête à sortir la couronne de sa sacoche quand… *bang !* Raiponce l'assomme d'un grand coup de poêle à frire sur le crâne ! Elle le regarde avec curiosité. Qui est cet inconnu ? Vite, elle l'enferme à double tour dans le placard.

— Je le savais bien que j'étais capable de me défendre toute seule !

Elle brandit sa poêle avec fierté… et se cogne la tête avec ! Vexée, elle décide de fouiller la sacoche de Flynn. Elle y trouve la couronne et écarquille les yeux, fascinée. Elle n'a jamais vu un bijou pareil ! Elle la pose sur sa tête, quand…

— Raiponce ! Tes cheveux !

— Un instant, Mère !

Vite, elle cache la couronne, avant de lancer sa longue chevelure. Peu après, Mère Gothel enjambe le rebord de la fenêtre en annonçant gaiement :

— Surprise, Raiponce ! J'ai cueilli tout ce qu'il faut pour te préparer ta soupe préférée !

— Chouette ! Mais j'ai quelque chose à vous dire, Mère…

— Tu ne vas pas remettre ça avec ces histoires d'étoiles ?

— Ce sont des lanternes, corrige Raiponce. Je voulais vous dire que je suis capab…

— Ça suffit ! hurle Gothel, le visage déformé par la colère. Tu ne quitteras jamais cette tour, Raiponce, tu entends ? *Jamais !*

La jeune fille frissonne. Elle comprend brusquement que sa mère veut réellement la garder enfermée *pour toujours*… Raiponce n'a plus confiance en sa mère, tout à coup.

Elle renonce à lui montrer l'homme qu'elle a assommé. Elle décide même de s'enfuir ! Mais d'abord, elle doit éloigner Gothel...

— Mère, je voulais juste vous demander des coquillages de nacre, pour mon anniversaire. Pour faire de la peinture blanche, je n'en ai plus.

— Mais on ne trouve ces coquillages qu'à trois jours de marche d'ici !

Gothel n'aime pas laisser Raiponce seule. Mais c'est toujours mieux que cette idée de sortir voir les lanternes ! Elle accepte donc de s'en aller et embrasse la jeune fille. Sa mère partie, Raiponce, armée de sa poêle à frire, rouvre son armoire...

CHAPITRE 3

Toujours inconscient, Flynn s'écroule hors du placard. Grâce à sa longue chevelure, Raiponce le ligote sur une chaise. Puis, Pascal le caméléon le réveille en lui léchant l'oreille.

— Hé !

Flynn cligne des yeux. Qu'est-ce qu'il fabrique, attaché à cette chaise avec des…

— Des cheveux ? souffle-t-il, stupéfait.

— Inutile de vous débattre ! prévient Raiponce en brandissant sa poêle comme une arme. Qui êtes-vous ?

Flynn le séducteur tente d'amadouer Raiponce. Il affiche son plus beau sourire et lance :

— Enchanté ! Je suis Flynn Rider. Comment ça va, Blondinette ?

— Je préfère Raiponce ! Qu'est-ce que vous faites dans *ma* tour ?

— Disons que je me baladais *innocemment* dans les bois, quand... Une minute ! Où est passée ma

sacoche ?

— Je l'ai cachée.

Elle tourne autour de la chaise de son prisonnier.

— Bon, avouez, maintenant. Vous voulez me prendre mes merveilleux cheveux, n'est-ce pas ?

— Vos cheveux ? s'étonne Flynn.

Moi, tout ce que je veux de vos cheveux, c'est qu'ils me libèrent !

Raiponce s'immobilise. Elle n'y comprend rien ! Sa mère lui a toujours affirmé que les gens du dehors chercheraient à les lui voler... Flynn insiste :

— Si vous voulez tout savoir, les soldats me poursuivaient. Je suis tombé sur votre tour, et je suis monté me réfugier. Point final.

La jeune fille le regarde fixement. Pascal le caméléon aussi. Enfin, ils décident d'un commun accord de lui faire confiance.

— Je vous crois, Flynn Rider. D'ailleurs, j'ai besoin de vous. J'ai un marché à vous proposer.

— Un marché ?

Elle court à la cheminée, révèle son tableau, et demande :

— Vous connaissez, ces drôles de lumières ?

— Les lanternes de la Princesse ? Bien sûr. Pourquoi ?

— Ces lanternes vont briller dans le ciel, demain soir. Je veux que vous me conduisiez à l'endroit où on les allume ! Ensuite, vous me ramènerez ici, et je vous rendrai votre sacoche. Vous serez mon garde du corps. Marché conclu ?

Le voleur secoue la tête.

— Impossible, Blondinette ! En ce moment, je n'ai pas trop intérêt à traîner du côté de la citadelle royale… Désolé !

Raiponce se retourne vers

Pascal. Son fidèle petit caméléon l'encourage d'un signe. Elle pivote face à Flynn d'un air déterminé.

— Le destin vous a guidé jusqu'à moi, Flynn Rider, et…

— Pas le destin, l'interrompt-il. Le cheval du capitaine de la garde !

La jeune fille l'ignore. Elle termine :

— Soit vous acceptez de m'aider, soit vous pouvez dire adieu à votre sacoche !

Flynn réfléchit. Il y a bien un moyen de la faire changer d'avis ?

— Vous m'obligez à vous sortir le grand jeu, Blondinette, susurre-t-il, avec son plus beau sourire.

Mais Raiponce reste de glace.

— Bon, ben, marché conclu,

alors ! cède Flynn, déçu.

Peu après, quand Flynn descend de la tour en utilisant à nouveau les flèches, elle hésite d'abord à le suivre. Enfin, elle prend son élan.

Elle glisse à toute vitesse le long de son immense chevelure. Mais elle s'arrête net au moment de poser le pied par terre… Elle tâte timidement la pelouse du bout du gros orteil. Puis, enfin, elle ose sauter !

— Je suis libre ! s'écrie-t-elle en se roulant dans l'herbe. Mon rêve se réalise ! Tout est aussi fantastique que je l'imaginais !

Flynn l'observe d'un air perplexe. L'attitude de Raiponce lui paraît un peu étrange. Elle est surexcitée, puis, brusquement, elle regrette :

— Ma mère va être furieuse… Et alors ? Je n'ai qu'à rien lui dire. De toute manière, elle n'en mourra pas ! Oh, mon Dieu… si ça se trouve, elle en mourra ? Je suis une fille horrible.

En l'écoutant, Flynn décide d'un plan.

— N'ayez pas mauvaise conscience, Blondinette : tout le monde désobéit à ses parents. C'est comme ça qu'on grandit.

— Ah bon ?

— Bien sûr ! Votre mère en aura le cœur brisé, la pauvre. Mais c'est votre vie !

Raiponce bredouille :

— Le cœur brisé, vraiment ?

Flynn est content : son plan se déroule à merveille !

— Rassurez-vous, déclare-t-il, en aidant Raiponce à se relever. J'annule notre marché ! Votre mère n'aura pas de chagrin, je récupère ma sacoche, et tout est bien qui finit bien !

— Non ! refuse aussitôt la jeune fille. Je veux voir les lanternes !

Le voleur ne sait plus comment se débarrasser d'elle, lorsqu'un bruit dans les buissons la fait sursauter. Elle est terrifiée !

— Qu'est-ce que c'est ? Un bandit ? Un monstre ? Un assassin ?

Un lapin surgit des fourrés. Raiponce rougit. Avoir peur d'un lapin, c'est stupide. Flynn, lui, sourit. Il sait enfin comment la décourager de visiter le royaume !

— Et si on allait manger ? Je connais une taverne, pas loin…

Chapitre 4

Mère Gothel traverse les bois d'un bon pas. Elle voudrait déjà avoir terminé son voyage. Soudain, Maximus, le cheval, bondit devant elle. Il est encore à la recherche de Flynn Rider et il a cru que c'était lui qui approchait…

— Un cheval de l'armée du Roi ? s'étonne Gothel. Qu'est-ce qu'il fabrique par ici, si loin dans la forêt ? Pourvu que les gardes ne trouvent pas Raiponce !

Et vite, elle repart à la tour en courant. Elle appelle :

— Raiponce ! Envoie ta chevelure !

Mais la jeune fille n'apparaît pas à la fenêtre. Inquiète, Mère Gothel écarte des branchages, posés contre la muraille. Une porte dérobée ! Gothel grimpe l'immense escalier, puis elle pousse une trappe et entre dans la pièce circulaire. Ne voyant personne, elle panique et se met à fouiller partout. Mais Raiponce n'est plus là ! Soudain, une lame de parquet se soulève sous les pieds de Mère Gothel. Elle regarde en dessous, intriguée, et découvre la sacoche de Flynn. Elle en sort la couronne de diamants, puis un avis de recherche au nom de Flynn Rider. Elle fronce les sourcils.

« Ce bandit a dû kidnapper Raiponce ! »

Et elle quitte la tour, bien décidée à rattraper le voleur. Elle n'imagine pas un instant que c'est Raiponce, au contraire, qui oblige Flynn à la suivre ! Mais Flynn a une idée : l'effrayer au point de la dissuader d'aller voir les lanternes. Voilà pourquoi il la conduit à la pire taverne du pays.

— Garçon ! Votre meilleure table ! crie Flynn en arrivant.

Dans la salle, tout le monde les dévisage en silence. Raiponce retient un cri de terreur. Il n'y a que des bandits ! Flynn l'a emmenée dans un repaire de criminels plus dangereux les uns que les autres. Heureusement, elle a emporté sa poêle avec elle, pour se défendre. Flynn se réjouit de constater que son plan marche comme sur des roulettes…

— Ben, mon vieux ! s'exclame un truand avec un crochet à la place de la main. Ça en fait un paquet de cheveux !

Et il tire sur la chevelure de Raiponce, qui s'éloigne, apeurée.

Flynn en profite :

— Vous n'êtes pas dans votre assiette ? Si vous voulez, je vous ramène chez vous…

— D'accord, accepte faiblement Raiponce.

— C'est plus raisonnable, insiste le voleur en regagnant la sortie.

Il s'interrompt. L'un des bandits leur claque la porte au nez pour les empêcher de sortir. Il brandit un avis de recherche au nom de Flynn. Il grogne :

— C'est toi, non ?

— Ouais, c'est lui, répond le truand au crochet. Allez prévenir les soldats ! Avec la récompense, je pourrai m'offrir un crochet flambant neuf !

À ces mots, le tavernier saisit Flynn. Il se retrouve ballotté de main en main. Tout le monde veut le livrer aux gardes en échange de la récompense !

— Attendez ! Je suis sûr qu'on peut s'arranger ! Lâchez-moi !

Raiponce assiste à la scène, impuissante. Elle doit faire quelque chose. Mais quoi ?

— Heu... messieurs les brigands ? bredouille-t-elle.

Dans le vacarme de la bagarre, personne ne l'écoute. Alors, elle hurle :

— Laissez Flynn, à la fin ! Je ne sais pas où je suis, j'ai besoin de mon guide ! Je veux qu'il m'emmène voir les lanternes flottantes dans le ciel ! C'est mon rêve depuis toujours ! Vous n'avez donc pas de cœur ? On a tous un rêve, dans la vie ! Même vous !

Les bandits, stupéfaits, arrêtent de se battre. Puis le truand au crochet avance d'un pas.

— Ouais, j'avais un rêve, moi aussi, avant. Je ne suis peut-être qu'un barbare, mais j'aurais adoré être pianiste ! Jouer de la musique : c'est ça, mon rêve !

— Ben, moi, je suis loin d'être beau ! reconnaît un autre, des cicatrices sur la figure. Mais, en secret, je suis un vrai romantique ! Tomber amoureux : c'est ça, mon rêve !

Chacun à son tour, ils expliquent leur rêve caché. Être fleuriste, cuisinier...

— Et moi, mon rêve, c'est d'aller voir les lanternes ! répète enfin Raiponce.

Elle ignore que Mère Gothel vient d'arriver à la taverne et qu'elle l'espionne par la fenêtre...

« Raiponce ! Alors tu n'as pas été enlevée, petite fugueuse... Et tu te débrouilles très bien sans ta mère ! »

Mais Gothel n'a pas le temps d'intervenir. Les soldats du Roi font brusquement irruption dans l'auberge !

Chapitre 5

— Où est Flynn Rider ?

Les gardes balaient la salle du regard. Flynn et Raiponce se sont cachés derrière le bar.

— Je sais que Flynn Rider est ici, insiste le capitaine.

De sa planque, Flynn reconnaît les frères Stabbington. Ils ont les poings liés : les soldats les ont arrêtés tout à l'heure. Il aperçoit aussi le cheval Maximus. Soudain, le tavernier lui pose la main sur le bras. Il sursaute.

— Du calme, je ne vais pas te livrer, Flynn ! Sauve-toi par mon passage secret, vite !

Il pousse un baril, derrière le bar, révélant l'entrée d'un souterrain.

— Ne sois pas comme nous, ma mignonne, chuchote le tavernier à Raiponce. Essaie de réaliser ton rêve !

Flynn et Raiponce s'enfoncent dans le souterrain, et le tavernier remet le baril en place. Alors qu'ils s'échappent, Maximus flaire la piste de Flynn… et découvre bientôt l'entrée du souterrain !

Il hennit pour alerter le capitaine de la garde.

— Un passage secret ! Bravo, Maximus !

Le cheval galope bientôt dans le tunnel, suivi par les soldats. Un soldat est resté à la taverne avec les prisonniers. Mais il faut plus d'un garde pour surveiller les jumeaux Stabbington… Ils l'assomment en vitesse, puis tranchent leurs liens, et décident de poursuivre Flynn. Ils pourraient se sauver… mais ils préfèrent risquer leur liberté pour récupérer la couronne ! Quant à Mère Gothel, qui a tout vu depuis la fenêtre, elle demande à un bandit où débouche le passage secret.

Car elle a un plan, elle aussi : attendre Flynn et Raiponce à la sortie !

Dans le souterrain, Flynn ouvre la marche, une lanterne à la main.

— Dites-moi, Blondinette, demande-t-il, si vous rêvez à ce point d'assister au lâcher de lanternes, pourquoi est-ce que vous n'y êtes jamais allée ?

Raiponce n'a pas très envie de raconter sa vie, enfermée dans la tour... Mais un bruit de cavalcade, au fond du tunnel, les interrompt. Ils se retournent : Maximus et les soldats sont à leurs trousses !

— Courez ! ordonne Flynn.

Ils s'arrêtent au bord d'un gouffre. Flynn prend son élan, saute dans le vide, atterrit sur une étroite corniche et appelle Raiponce.

— Je n'y arriverai jamais ! panique-t-elle.

Flynn a une idée.

— Envoyez-moi votre chevelure !

Il attrape la longue mèche blonde, puis il soutient Raiponce pendant qu'elle se balance jusqu'à une autre corniche. Mais Maximus sait comment les rejoindre. La rivière passe dans le souterrain à travers une espèce de conduite en bois, qui achemine l'eau. D'un coup de sabot, le cheval abat une poutre. Celle-ci s'écroule sur la corniche du voleur, et Maximus n'a plus qu'à emprunter ce pont de fortune...

— Sautez, Flynn ! crie Raiponce.

Il se cramponne aux cheveux de la jeune fille comme si c'était une liane et se jette dans le vide. Mais il calcule mal sa trajectoire, se cogne dans la paroi rocheuse et s'effondre au fond de la grotte... où les Stabbington se précipitent sur lui ! Oubliant sa peur, Raiponce se suspend par les cheveux pour descendre jusqu'à lui, puis ils prennent tous deux leurs jambes à leur cou ! Le problème, c'est que la poutre que Maximus a abattue provoque une fuite, qui finit par faire céder une digue… et un torrent d'eau glacée envahit soudain le souterrain ! Les flots emportent tout sur leur passage : Maximus, les soldats, les jumeaux Stabbington…

Flynn, Raiponce et Pascal parviennent à se réfugier dans une petite caverne. Mais un pilier s'écroule devant l'entrée, les bloquant dans la grotte où le niveau de l'eau monte dans l'obscurité ! Flynn a beau plonger pour chercher une issue, il fait trop sombre pour y voir quoi que ce soit. Sans compter qu'il s'est blessé à la main : ce n'est pas facile, pour tâter les parois de pierre… L'eau leur lèche bientôt le menton. Raiponce sanglote :

— Tout est ma faute ! Je suis désolée, Flynn !

— Eugène. Mon vrai nom est Eugène Fitzherbert, avoue le voleur. On va mourir noyés. C'est le moment de nous faire des confidences.

— Mes cheveux magiques brillent dans le noir, révèle Raiponce du tac au tac.

Flynn la regarde avec de gros yeux. Elle répète :

— C'est la vérité. Si je chante, ils vont briller. Oh ! réalise-t-elle brusquement. Ça pourrait nous aider !

Elle entonne alors son refrain habituel, et ses cheveux luisent avec une telle intensité qu'ils illuminent la grotte ! Flynn n'a pas le temps de s'en étonner : il aperçoit une faille dans les rochers. Il entraîne Raiponce à la nage et, peu après, ils s'échouent sur la berge de la rivière, à l'air libre. Ils sont sauvés ! Sans le savoir, ils ont même évité Mère Gothel, qui les attend toujours à la sortie du passage secret, dans les bois.

Chapitre 6

Flynn est assis devant le feu de camp qu'il a allumé pour la nuit. Raiponce le rejoint. Sans un mot, elle enroule une longue mèche de sa chevelure d'or autour de la main blessée du voleur et commence à chanter. Ses cheveux scintillent et, en quelques instants, la main

de Flynn est complètement guérie.

— La classe ! murmure-t-il, abasourdi. Vos cheveux font ça depuis quand ?

— Depuis toujours, je crois. Ma mère m'a raconté qu'un soir, quand j'étais bébé, quelqu'un m'a coupé une mèche, pour me la voler…

Raiponce soulève ses cheveux et montre une mèche châtain à Flynn.

— Vous voyez ? Si on les coupe, ils perdent leur pouvoir. Les gens veulent tous s'approprier leur don de guérison. Je dois me protéger. C'est pour ça que ma mère refuse que je…

Elle se tait, embarrassée. Flynn devine :

— Que vous quittiez la tour ? Vous êtes restée enfermée là-dedans toute votre vie, et vous voulez y retourner *quand même* ?

— Non ! Enfin si ! Je veux dire… c'est compliqué. Mais vous, Eugène Fitzherbert ? Pourquoi avoir changé de nom ?

— C'est une histoire sans intérêt, dit le voleur, qui poursuit malgré tout : Flynnigan Rider était mon héros de roman favori, quand j'étais petit, à l'orphelinat. Il était beau, riche, libre et courageux… Mon rêve !

Le sourire de Raiponce le trouble. Elle est vraiment très jolie.

Et elle semble beaucoup l'aimer, lui aussi ! Gêné, il décide d'aller ramasser du bois pour le feu. Elle l'interpelle :

— À propos : je préfère votre vrai nom.

— Vous êtes bien la seule, mais merci !

Il disparaît dans la forêt. Mère Gothel en profite pour surgir devant

Raiponce. Elle a passé un marché avec les jumeaux Stabbington, quand ils sont sortis du tunnel. En échange d'une petite fortune, ils ont accepté de capturer Flynn et de le livrer aux autorités. Comme ça, Raiponce n'aura plus aucune raison de ne pas revenir à la tour ! Mais Gothel veut d'abord la persuader que son cher Flynn se moque d'elle... Et, pour ça, elle a un plan.

— Mère ! s'exclame Raiponce, surprise. Comment m'avez-vous retrouvée ?

— J'ai suivi la piste du mensonge, persifle Gothel. Viens, on rentre à la maison !

— Non ! proteste la jeune fille. J'ai rencontré quelqu'un et...

— Je suis au courant : Flynn Rider, le voleur. Un garçon sûrement très convenable !

— Mais il m'aime bien, murmure Raiponce.

Mère Gothel renifle avec dédain.

— Que tu es naïve ! Il se fiche de toi, ma pauvre chérie ! Tout ce qu'il veut, c'est récupérer sa couronne. Dès que tu la lui auras rendue, il t'abandonnera !

Elle lui tend la sacoche de Flynn. Raiponce n'en revient pas ! Gothel ajoute :

— Puisque tu es certaine de ton prince charmant, tu n'as qu'à lui rendre sa couronne. Tu verras bien ce qu'il se passera !

Et elle disparaît dans les bois.

Raiponce soupire. Sa mère a réussi à la faire douter de Flynn ! Le cœur serré, elle dissimule la précieuse sacoche dans le creux d'un tronc d'arbre…

Le lendemain matin, Flynn s'éveille en sursaut. *Plic !* Une goutte d'eau s'écrase sur son front. Il ouvre les yeux et se retrouve nez à nez avec Maximus. Le cheval du capitaine est encore trempé comme une soupe, après son petit séjour dans le souterrain inondé. Il paraît bien déterminé à arrêter le voleur…

— J'espère que tu viens t'excuser pour hier, plaisante Flynn.

Et les deux ennemis se jettent l'un sur l'autre ! Le bruit du combat tire Raiponce de son sommeil. En voyant Maximus traîner Flynn par la cheville vers le sentier, elle fonce au secours de son ami et l'attrape par le bras. Tiré entre eux deux, Flynn a la désagréable sensation que son corps va se déchirer, quand Maximus lui arrache sa botte. Libéré, le voleur s'enfuit. Maximus s'élance après lui… Mais Raiponce se dresse en travers de son chemin.

— Oh ! Du calme, mon tout beau. Gentil, cheval ! Assis !

Maximus est comme hypnotisé par la jeune fille. Sous le regard effaré de Flynn, il se met à lui obéir comme un brave toutou ! Raiponce insiste :

— Tu en as marre de poursuivre ce méchant voleur, hein ? Rends-lui sa botte ! Tu es si mignon !

Elle déchiffre son nom, sur sa bride, et minaude :

— Mignon Maximus ! Tu sais, c'est mon anniversaire, aujourd'hui, Maximus. Alors, pour me faire plaisir, tu vas laisser Flynn tranquille jusqu'à demain, d'accord ? J'ai besoin de lui pour aller voir les lanternes.

Totalement sous le charme, Maximus cède. Il tend la jambe pour faire la paix avec Flynn, qui lui serre le sabot. Quelle histoire de fous ! Tout à coup, on entend les cloches de la citadelle, au loin : elles annoncent le lever du jour ! Sans perdre une seconde, Raiponce escalade la colline pour apercevoir la cité, de l'autre côté…

Quand Raiponce entre dans la citadelle, elle s'émerveille. Le château majestueux surplombe le royaume comme s'il veillait sur ses habitants. Et il y a foule, dans les rues ! C'est un jour de fête. On chante, on danse, on rit, on s'amuse !

Prenant garde à bien se cacher des soldats, Flynn l'accompagne à une estrade, où on danse en l'honneur de la Princesse disparue. Une fresque murale attire l'attention de Raiponce. On y voit le Roi et la Reine, un bébé dans les bras. La Princesse disparue ! C'est une petite fille aux longs cheveux blonds, avec les mêmes yeux verts que sa mère… Mais il y a tant d'autres choses à découvrir, en ville ! Raiponce et Flynn passent une journée bien remplie. Le soir venu, tout le monde se rassemble au bord de l'eau. C'est l'heure d'envoyer les lanternes en papier dans le ciel ! Flynn invite Raiponce à monter en canot.

Peu après, le Roi et la Reine apparaissent au balcon. Ils lancent la première lanterne. C'est encore plus beau que ce qu'elle avait pu imaginer ! Très vite, le ciel se remplit de centaines de lampions féeriques.

Raiponce se sent chez elle, au royaume. Surtout avec Flynn auprès d'elle… Elle se tourne vers lui en

souriant. Il lui tend une lanterne, pour qu'ils l'envoient ensemble vers le ciel. Elle lui remet alors sa sacoche, les yeux brillants.

— Je vous rends votre couronne, Eugène. J'aurais dû le faire plus tôt, mais j'avais peur que vous ne partiez. Maintenant, j'ai confiance. Vous comprenez ?

— Parfaitement, répond Flynn en posant la couronne au fond de la barque.

Lui aussi vient de tomber amoureux ! Devenir riche ne l'intéresse plus. Son seul rêve, désormais, c'est de rester avec Raiponce et de l'aimer de tout son cœur. Il lui prend la main. Il se penche vers elle pour l'embrasser... lorsqu'il aperçoit les

Stabbington sur la rive ! Flynn sait qu'ils sont capables du pire contre Raiponce pour se venger de lui. Il doit les amadouer en leur cédant la couronne. Vite, il reprend les rames et rejoint la berge.

— Que se passe-t-il ? demande la jeune fille, qui espérait recevoir son premier baiser d'amour.

— Juste une petite affaire à régler. Je reviens !

Flynn saute du canot et traverse la rive en courant, sa sacoche à la main.

Raiponce est sûre qu'il va revenir. Mais elle ignore que les frères Stabbington sont envoyés par Gothel ! Quand Flynn leur propose la couronne, ils refusent !

— On sait que tu as trouvé un trésor mille fois plus précieux ! Ta Raiponce a des cheveux magiques qui guérissent les maladies. Les gens seront prêts à payer cher pour les toucher… C'est elle qu'on veut !

Et ils assomment Flynn ! Puis ils filent enlever Raiponce. Ils lui racontent un terrible mensonge :

— Flynn a dit qu'il nous laissait vous kidnapper si, en échange, il pouvait garder la couronne !

Raiponce parvient d'abord à leur échapper, mais les jumeaux la rattrapent… quand Gothel sort de derrière un buisson et les assomme à leur tour. Raiponce se jette dans ses bras en sanglotant.

— Oh, Mère ! Vous aviez raison ! Flynn m'a abandonnée en emportant son butin !

— Je sais, ma pauvre chérie. Viens, il est temps de rentrer chez nous…

Les Stabbington ont attaché Flynn, puis ils ont poussé sa barque en direction de la citadelle royale.

Bientôt, le bateau heurte le quai. Les sentinelles reconnaissent le voleur et le jettent au cachot !

Flynn se morfond dans sa cellule, lorsque les soldats viennent le chercher pour le conduire au bourreau. En traversant tristement la prison, Flynn aperçoit les Stabbington, qui croupissent eux aussi au fond d'une geôle. Il rugit :

— Qui vous a parlé des pouvoirs de Raiponce ?

— C'est cette traîtresse ! Elle a passé un marché avec nous pour qu'on te sépare de Raiponce. Et puis, au lieu de nous payer, elle nous a livrés aux soldats du Roi !

Flynn comprend tout. C'est la mère de Raiponce, bien sûr ! Pour que les jumeaux acceptent de le piéger, elle leur a fait croire qu'elle leur donnerait les cheveux magiques...

CHAPITRE 8

— Hé ! Au nom du Roi, ouvrez !

La porte de la prison vient de claquer au nez des soldats qui escortent Flynn dans la cour. Un des bandits de la taverne l'entrouvre.

— Vous avez le mot de passe ?

Les gardes sont furieux.

— Vous avez trois secondes pour ouvrir ! menacent-ils.

Mais c'est toute une bande de malfrats qui débarque pour délivrer Flynn ! Ils se battent courageusement et, bientôt, la voie est libre. Les bandits font sortir Flynn en un clin d'œil. À l'extérieur, il retrouve Maximus.

— Max, ça alors ! C'est toi qui es allé chercher de l'aide à la taverne ? Merci !

Le cheval hennit. Il a changé d'avis. Il sait que Flynn n'est pas un mauvais garçon. Il sait aussi que Raiponce a besoin de lui. Il part au triple galop, Flynn cramponné aux rênes. Direction la forêt… et Raiponce !

— Sèche tes larmes, ma chérie. Maman te mijote ta soupe préférée !

Mère Gothel quitte la pièce. Enfin seule, Raiponce renifle en regardant le drapeau du royaume qu'elle a rapporté de sa visite de la citadelle… Même Pascal semble désolé.

Le petit caméléon prend la couleur du drapeau royal, avec le blason en forme de fleur de soleil. Raiponce le regarde et sursaute. Ça alors ! Le blason... Sans le savoir, elle l'a peint sur son tableau, au milieu des lanternes. Pourtant, elle ne l'avait jamais vu avant de quitter la tour !

— Comment est-ce possible ?

Raiponce réfléchit. Tout au fond d'elle, elle connaissait déjà ce blason... Et puis, Flynn a parlé des lanternes de la Princesse, disparue quand elle était bébé. Celle qu'elle a vue sur la mosaïque, à la fête, avec le Roi et la Reine. Une Princesse aux cheveux blonds et aux grands yeux verts. Une Princesse qui a la même date d'anniversaire qu'elle...

— *Je suis* la Princesse disparue ! comprend-elle brusquement. Tout correspond : les lanternes, le jour de mon anniversaire, le blason…

Lorsque Mère Gothel revient pour le dîner, Raiponce l'attend de pied ferme.

— Je suis la Princesse disparue, n'est-ce pas ? Vous m'avez enlevée à ma naissance !

— Raiponce ! Je ne voulais que ton bonheur, je…

— Menteuse ! Toute ma vie, vous m'avez mise en garde contre ceux qui voudraient s'approprier mon pouvoir. Alors que c'est de *vous* dont j'aurais dû me méfier !

La jeune fille s'apprête à partir. Gothel la retient.

— Où crois-tu aller ? Tu ne retrouveras pas ton Flynn. Je l'ai fait arrêter.

— Comment avez-vous pu faire une chose pareille ? Je l'aime !

Folle de colère, Raiponce l'attrape par le poignet. En se dégageant, Gothel tombe contre le miroir et le brise. Raiponce s'exclame :

— C'est fini. Je ne suis plus une petite fille. Je me débrouillerai sans vous, et vous n'utiliserez plus jamais la magie de mes cheveux !

— Dans ce cas, ma chérie, tu ne me laisses pas le choix... regrette Mère Gothel, qui se rue sur elle pour la bâillonner et l'attacher à une chaise.

Au même instant, Flynn arrive au pied de la tour. Il appelle Raiponce, afin qu'elle lui lance ses cheveux. Puis il se hisse par la fenêtre… Mais c'est Mère Gothel qui l'accueille ! Et, sous les yeux horrifiés de Raiponce, elle lui assène un grand coup de poignard dans le dos avant de le ligoter à son tour. Puis elle enlève le bâillon de Raiponce et dit :

— Flynn va mourir. Si tu veux que je te libère pour le guérir, tu dois jurer de venir vivre pour toujours avec moi, loin d'ici.

La jeune fille promet. Elle veut sauver Flynn à tout prix ! Mais lui ne veut pas qu'elle se sacrifie. Dès qu'elle s'approche, il ramasse un morceau du miroir brisé et *tchac !* il lui coupe ses longs cheveux dorés ! Aussitôt, ils perdent leur éclat enchanté en brunissant. Dans un hurlement strident, Mère Gothel vieillit, vieillit... avant de basculer par la fenêtre et de disparaître en poussière !

— Raiponce, tu étais mon nouveau rêve ! souffle Flynn.

— Eugène, ne meurs pas..., sanglote-t-elle. Tu étais mon nouveau rêve, toi aussi !

Il s'évanouit. Affolée, Raiponce chante, dans l'espoir que ses cheveux redeviennent magiques, en vain. Mais, soudain, une de ses larmes roule sur le visage de Flynn, où elle se met à scintiller… et la blessure du jeune homme guérit miraculeusement ! Le pouvoir de la Fleur d'Or est désormais passé dans les larmes de Raiponce. Les deux amoureux échangent enfin leur premier baiser.

— Par ici, mon Roi ! Par ici, ma Reine ! La jeune Princesse est de retour !

Les souverains se précipitent dans la salle du trône. En apercevant Raiponce, leur cœur explose de bonheur ! Leur fille chérie, enfin ! Submergés d'émotion, le Roi et la Reine serrent Raiponce dans leurs bras.

Partout dans le royaume, le peuple célèbre l'événement, en envoyant des milliers de lanternes dans le ciel. Raiponce salue la foule en riant. À ses côtés, Flynn fait mine de lui voler sa couronne… Mais c'est elle qui lui vole un baiser ! Elle lève alors les yeux vers les lanternes grâce auxquelles elle a retrouvé le chemin de la maison… et de mille nouveaux rêves à réaliser !

Fin

TABLE

Connecte-toi vite sur le site de tes héros préférés :
www.bibliotheque-rose.com
- Tout sur ta série préférée
- De super concours tous les mois

« Pour l'éditeur, le principe est d'utiliser des papiers composés de fibres naturelles, renouvelables, recyclables et fabriquées à partir de bois issus de forêts qui adoptent un système d'aménagement durable. En outre, l'éditeur attend de ses fournisseurs de papier qu'ils s'inscrivent dans une démarche de certification environnementale reconnue. »

Imprimé en Roumanie par G. Canale & C. S.A.
dépôt légal : mars 2011
20.20.2300.0/01 - ISBN 978-2-01-202300-0
Loi n° 49-956 du 16 juillet 1949
sur les publications destinées à la jeunesse